KB126535

얘얘라는 인형

파란시선 0022 애애라는 인형

1판 1쇄 펴낸날 2018년 6월 26일
지은이 이난희
디자인 최선영
인쇄인 (주)두경 정지오
펴낸이 채상우
펴낸곳 (주)함께하는출판그룹파란
등록번호 제2015-000068호
등록일자 2015년 9월 15일
주소 (07552) 서울특별시 강서구 공항대로 59길 80-12(등촌동), K&C빌딩 3층
전화 02-3665-8689
팩스 02-3665-8690
모바일팩스 0504-441-3439
이메일 bookparan2015@hanmail.net

ISBN 979-11-87756-19-4 04810
979-11-956331-0-4 04810 (세트)

값 10,000원

*이 책의 국립중앙도서관 출판예정도서목록(CIP)은 서지정보유통지원시스템 홈페이지(http://seoji.nl.go.kr)와 국가자료공동목록시스템(http://www.nl.go.kr/kolisnet)에서 이용하실 수 있습니다.(CIP 제어번호: CIP2018017906)

애애라는 인형

이난희 시집

시인의 말

아기의 첫 언어는 울음이다
울음을 주먹 쥔 아기의 손은 신비한 힘이 있다

그런 딸의 손을 잡고
여기까지 왔다
고맙고 사랑한다

오래 잡아 주지 못한 손
미처 잡아 주지 못한 손
놓쳐 버린 손
놓아 버린 손
그 모든 손들의 이후가 따뜻하기를

차례

제2부

제3부

제4부

제5부

해설

제1부

크리스마스트리

젖나무가 한껏 몸을 열어 수백의 유두를 내민다 높은 지붕 위에도 끊임없이 돋아난다 말을

모르는 어린 별들 소리 없이 내려온다 종소리가 퉁퉁 불은 젖나무의 젖샘을 문지르며 수유 시간을 알린다

귤 상자에서, 컨테이너 옆 담벼락에서, 검은 비닐봉지에서, 공중전화 부스에서, 길바닥에서, 쇼핑백에서, 헌옷 수거함에서, 공중화장실에서

탯줄에 매달린 울음이 도착할 즈음

깜빡 생각난 듯
젖꼭지를 입에 문 어린 별들
콩나무 줄기 같은 사다리를 오른다

아직
온기가 남은 울음을 쥐고

다시 태어난다

첫서리

가위바위보
나는 숨어 있는 사람

누가 술래인 줄도 모르고 숨어들 때
함께 사라지고 싶은 것들
꽃들의 심장 소리 함께 듣는다

햇살 내려서고 그늘 뒷걸음쳐도
머리카락 한 올 보이지 않는 나는
방금 태어나고, 지금 막 버려진 사람

공중의 물방울 내려와 식어 간 탯줄 덮을 때
굳어 가는 내 잠을 시작으로 쥐눈이콩 서리태 울금까지
하얗게 지워진다

싱싱한 울음으로
배고픈 나는 떨어진 꽃망울을 물고 잠이 든다
자라지 않는 내 맨발은 날것들의 소란으로 근질거려

왜 아무도 날 찾지 않나

벌판에 서서, 구름에게 들키고
하얀 국화 향에 취해 재채기를 하고 싶지만
나는 숨어 있는 사람

아무도 이름을 불러 주지 않아
허허벌판에 눈을 가리고 이제부터 내가 술래

당신이 찾을 때까지, 악몽은
찬 발 앞에 엎드려 나를 은폐한다

우리 동네 아저씨

빈집이 많은 우리 동네, 와 본 적 있나요 대낮에도 밤이 꽉 들어차 있어 히죽거리며 쥐들이 돌아다니죠 떠난 이웃들이 버린 가재도구가 제멋대로 골목을 지키고 있어요 파자마를 입은 채 하품하는 골목을 서성이는 사람들과 자주 마주치기도 해요

즐겨 쓰는 향수 때문에 안나수이라 불리는 여자의 창문을 열었다는 둥 하얀 편지 봉투처럼 은밀하게 좋은 느낌 생리대를 창가에 걸어 두고 달아났다는 둥 제멋대로 옥탑방에 올라 빨랫줄에 널린 계집애 팬티에 오줌을 갈겼다는 둥 아무도 본 적 없는 남자의 행적이 온 동네에 파다했지만 세상은 모르는 척, 귀머거리였어요 그런

우리 동네에 아저씨가 살아요 그날은 엄마를 기다리다 잠든 밤이었어요 배고픔을 참으며 기다림에 지쳐 갈 때 잠만 한 보약이 있을까요 꼬마야 꼬마야 내가 놀아 줄게, 그날 밤 꿀잠 든 먼지들을 깨우며 다락방에서 아저씨가 내려왔어요 내 소꿉놀이 인형이 청테이프로 봉해지고, 칭칭칭, 내 목이 조여 와 허공에 대고 손을 휘저었지만 아무도 잡아 주지 않았어요

출렁

파란 물통 속에 잠긴 내 몸이 흔들려요 기포처럼 가벼워진 내 몸이 둥둥 떠올라요 저게 뭐죠 아, 왕사탕 같은, 미친개의 눈빛처럼 번들거리던 아저씨의 눈알, 흐흐흐 나를 밀어내던 문을 찾고 싶었을 뿐이야 세상에 나를 내보낸 문, 꼭 잠긴 문을 찾아 거리를 쏘다녔어 곧, 우리들의 엄마에게로 돌아갈 거야, 아저씨가 말하는 순간 아저씨의 두 눈알을 파내고 싶었는데 어쩌죠, 두 손이 꽁꽁 묶여 있는데… 떠듬떠듬 빈집에 들어가 문 두드리는 우리 동네 아저씨, 아무도 살지 않는 집만 찾아다니며 그도 오지 않는 사람들을 기다리고 있을까요

나는 깨어나지 않을래요

쉬반의 신발

햇볕은 때로 폭력적이지
모래벼룩도 견디지 못해 내 발바닥으로 숨어든 게 분명해
주위를 맴도는 검은 살쾡이 눈빛에 모래알은 오늘도 쉬지 않고 반짝반짝

쉬반,
물줄기 하나를 뽑아 엄지발가락에 걸어 본 적 있니
구겨진 페트병을 신고 있는 내 예쁜 맨발을
귀를 대면
빈 페트병에서 자박자박 개울물 소리 걸어와 집으로 간다

쉬반,
오늘도
나를 오랫동안 기다린 고무나무 그늘로 가지 못할 거야
밤마다 쏟아지는 별똥별을 기다리는데
저물지 않는 새벽은 카사바 기계 속에서 돌고 있어

쉬반,

전깃줄에 걸어 놓았다는 네 젤리 슈즈로 신발 던지기를 해 줄래

운이 좋아

대륙을 가로질러 카사바 농장으로 떨어진다면

내가 만든 카사바 가루는 먼지처럼 신발 속에 쌓여 가겠지

반쯤 썩어 들어가는 내 예쁜 통증은

흩어진 뼛가루를 모으듯 너의 해진 신발 속에서 얌전해질 거야

쉬반,

구겨진 페트병을 신고

무수히 검은 점들이 행진한다

햇볕은 태연히 걸어오는데

쉬반, 떨어진 살점에 기생충이 알을 슬었어

●「쉬반의 신발」: 연극 제목. 주인공 '쉬반'은 악덕 기업을 반대하며, 어린이 노동으로 만든 명품 신발을 거부하는 십대 소녀다.

얘얘라는 인형

흑점을 지닌 물방울이
산도 밖으로 미끄러진다

어제는 나의 궁전 바깥으로부터 보내오는 어떤 신호를 들었다
새로운 암호를 떠올리며 죽은 척했지

소용돌이치는 불길함이 차갑게 쏟아지는 시간

지문을 잃은 붉은 핏덩이
암문을 걸어 나온다

악몽처럼, 비린내가 부푸는 검은 봉지 속에서
아주 자고 갈 요량으로 누워 생각한다

나는 동물세포였을까, 식물세포였을까

자라다 만 손가락 사이로
차갑게 굳어 가는 새로운 우주가 윤곽을 드러낸다

아무도 놀아 주지 않아 심심했던 세포 덩어리

심심한 건 딱 질색이어서
망가진 심장을 움켜쥐며 날아간다

곁에서 나란히 날고 있는
길거리에서 마주치는 아무나가 아닌 얘얘들아

다시는, 우리도 모르게 태어난 곳으로 돌아오지 말자

흔들리는 저녁

피가 돌지 않는 저녁이다. 기울어진 구름 뒤로 저린 새끼손가락이 떨어진다. 먼 지평선을 지나온 자장가에서 헛바늘이 돋는다.

밥상은 언제 차려지나요, 나란한 식판 너머 소년이 물었다. 3일 동안의 밤, 3일 동안의 별, 3일 동안의 기다림이 덜그럭거린다.

누구의 밥그릇도 아닌 식판에서 눈물이 되어 버린 국물이 글썽거린다. 저린 손가락을 풀며 소년은 맞은편 눈동자를 바라본다. 내 검은 섬도 그렇게 흔들리겠구나.

곧 데리러 올 거야
곧 데리러 올 거야

탁란의 주술은 이미 오래전에 사라졌다. 소년은 꺾어 온 야생화를 울타리 밖으로 던진다. 페노바르비탈, 넘어지려는 불안을 그대로 두세요. 기울어진 몸으로 소년은 발작하는 저녁을 누른다.

● 페노바르비탈: 의약품으로 불면, 진정, 뇌전증 치료제로 쓰인다.

놀이터

#1

오늘은 지하철이야
뒤죽박죽 냄새는 언제나 불친절해 목적 없는 먼지들은 차라리 공평해

엄마 등에 업혀 미간을 찌푸려요
찰나의 햇살이 흘러들어

나란히 앉은 사람들의 무릎을 지나며 전단지를 돌리는 엄마 그때마다 포대기를 빠져나온 내 발이 흔들려요 제발 내 뒤통수는 읽지 말아요 무심한 지금의 그 자세로 그냥 있어 줘요

새우깡을 손에 든 저 아이와 엄마의
눈이 마주친다
전단지가 멈춘다

등 뒤에도 마음이라는 게 있나 봐요 아무도 보지 않는데 들썩이는 어깨를 자꾸만 훔치고 있어요

#2

나에게만 쏟아지는 다정을 누군가와 나눈다면
포대기 밑을 빠져나온 맨발을 감춰 줄 수 있을까요

아이를 업은 여자의 눈이 내 눈에 머물다 주춤주춤 스쳐 가는 순간, 나를 통과해 간 슬픔을 생각해요 터져 나오지 못한 참척의 얼굴이 저럴까요 포대기를 빠져나온 맨발을 꽉 쥔 채 지하철을 빠져나가는 여자, 녹아 버린 새우깡이 내 입에서 떨어져요 아무도 보는 이 없는 전단지가 지하철 바닥을 어루만져요 외풍처럼 지하철을 드나들어요

알사탕 세 개를 먹는 동안
—숙에게

단단한 뼈대를 중심에 둔 알사탕을 손에 쥐면

천지간 어디
놓쳐 버린 탯줄의 기억이라도 있다는 듯
그들은 둥근 식탁에 둘러앉는다

오지 않으면 좋았을
매캐한 기억이 입안에서 녹아내린다

먼지였어, 외할머니는
곧 데리러 오겠다며 흙먼지 속으로 사라졌지
할머니를 감춘 건 노란 택시였어
숨바꼭질을 하기엔 보육원은 너무 비좁았어

혹시, 『내가 누구예요?』
그 책 읽어 봤니?
실은 나도 스웨덴에 입양될 뻔했지
초등학교 3학년 때였을 거야
나를 좇는 언니, 오빠의 눈빛은
넓은 초원에 펼쳐진 뾰족지붕 사진을 단숨에

내 목구멍 깊숙이 삼켜 버렸지

웅덩이에 철퍼덕 넘어졌다
혼자 툭툭 털고 일어나던 날
독기 품은 입술로
밤새 돌을 던졌어
핏물 번지도록
세 밤이 지나도록 기다리는 아빠는 오지 않고
하루살이 떼 웅웅대던 웅덩이 속에서
시퍼런 눈두덩으로 달이 자꾸 솟아올랐거든

갓 구운 공갈빵을
꽃무늬 접시에 올려놓고
구멍을 뚫는다

손가락에 묻은 설탕 시럽을 빨며
다 자란 키를 누르면서

•『내가 누구예요?』: 해외 입양아의 이야기를 소재로 다룬 어린이 동화.
1990년, 현암사 발간

노란 풍선

별이 뜨면 아이들은 깨어나지
그제야 벽 속에서 마법은 일어나지
낮 동안 감춰 둔 노란 풍선 꼭지 하나 뽑아 들고
푸, 푸, 나는야 마술사, 빵 가게 주인, 유리병 속 공룡, 걸어 다니는 물고기…
주술 같은 말들이 공기 속으로 흘러들어 가지

집으로 돌아오는 길에
곰돌이 인형 푸우는
팔을 벌리고 쓰레기통에서 허우적거렸어
던져지는 순간에도 웃어 주던
반질거리는 까만 눈을 엄마는 보았을까

눈꺼풀을 비벼 대며 잠꼬대를 하는 아이는
알파벳을 그리지 않는다고 식탁에서 쫓겨났지
벽장 속에 들어가 물방울 놀이를 하며
컵 속을 돌아다니는 눈동자를 퐁퐁, 터뜨렸지
부러진 크레파스가 바닥에서 종이를 찢어 먹었지

찢어진 말은 부표처럼 떠올라

종이배를 타고 텔레비전 밖으로 튀어나오기, 1+3=13,
거인의 등뼈 기어오르기, 야생 오리와 이사 가기…

호주머니 속에 구겨 넣은 마법의 말은
싹둑, 싹둑 쏙독새가 물고 가지

빗자루를 탄 아이들이 도시를 헤엄치는 동안
저만큼 밀려나 떠다니다 스러지는 달

밤새 떨어진 풍선 꼭지 주워 들고
다시 숨을 불어넣지, 반짝이는 질문을 불어넣지, 푸푸

콩나무, 거인, 맨발

잭의 콩나무가 구름까지 올라간 것은 화가 난 엄마/아빠를 먹고 자랐기 때문이야

잭은 혼자 있고 싶은 곳을 찾아 구름 위로 올라갔을 뿐이고 나는 혼자 여기 있어야 한다,는 거인의 구름에 감금되었을 뿐이지 뭐랄까 우리의 차이점이라고나 할까 잭과 나의 공통점은 거인을 피해 달아났다는 사실이야 나에게 무슨 일을 저질렀는지 모를 만큼 거인이 나를 까마득히 잊어 갈 때 화가 난 엄마/아빠를 먹고 자란 어느 겨울에 나는 맨발로 가스 배관을 타고 지상에 내려왔어 혼자 있고 싶은 고양이가 밖에서 울고 있었거든

나는 배고픔도 공포도 없는 과자 정원에서 거닐고 있어
이상한 것은
맨발이 가장 차가운 바닥의 온도를 느낄 때
깨끗한 물에 헹군 듯 가뿐하다는 거야

맨발로 거인의 콩나무를 쓰러뜨린 이야기는 먹구름 속에서 지워질 거야

나는 작명가가 아닙니다

1

어쩔 수 없잖아요
옷 주머니 속 다 뒤져 봐도 쪽지 한 장 없었어요
선생님 반 배정이니 이름 좀 지어 봐요

뇌성마비 그 애 곁에
그래도 살아야 한다고 미숫가루 한 통
다시 볼일 없다는 듯
낙엽 몇 장
발바닥을 털고 있었다

그날부터 그 애 이름은 시몬

머지않아 낙엽이란 낙엽 다 떨어져 가루가 된 가을 속으로 들어갔다

2

노란 옷만 고집하던

그 애 이름은 국화

누런 콧물이 흘러내려도 닦아 달라고 말도 못 하던
그 애가 좋아하는 꽃은 국화
그래서 그 애 이름은 국화

반 아이들과 산책에서 돌아올 때
흐드러진 야생화 앞에서 망설이고 있는 사이
처음 본 듯 들국화 한 다발 들고 있던 그 애

수의에 국화 몇 송이 덧입혀 주었다

들국화 싱긋 웃던 날

3

선생님, 노을이 예쁘죠?

하천 너머 불빛도 예쁘구나

처음 올 때부터 이름을 손에 쥐고 온 너는 민수

울타리 앞에서 고요히 노을이 되어 가던 민수

방금 도착한 노을이
오늘은 손톱에 피가 나도록 네 이름을 쓰고 간다

종이를 찢는 일처럼 간단해요

이별은 그래요

못 쓰게 된 종이를 찢는 일처럼 간단해요

땀이 난 손을 만지작거리거나 말을 할 듯 말 듯 중얼거리거나 파도처럼 어깨를 쓰다듬으며 다가왔다 물러가는 이를테면 망설이는 시늉이라도 했어야죠 어른들의 이별은 코 막힌 것처럼 참 답답해요

네 저는 된장찌개가 좋아요 선생님은 된장찌개를 먹는 꿈을 꾸다가 잠에서 깨는 기분을 이해하나요 마치 길을 잃은 것 같은 너는 아빠 없지?라고 놀리는 녀석과 맞짱 뜨다 실컷 얻어맞았는데도 울음이 터지지 않는 얼음방 속에 갇힌 기분 말이에요

그날 아침 아빠가 끓여 준 된장찌개를 맛있게 먹고 학교에 갔어요 그게 마지막이에요 뭐가 그렇게 시시해요 학교에서 돌아왔을 때 아빠가 날 버리고 떠났다는 걸 알았어요 오후의 빈방처럼 공허하게 골목을 달렸어요 이별은 그렇게 간단해요

제2부

아기 돼지는 그 후

저기 저 언덕 아래 덤불숲으로, 희끗희끗, 연분홍빛 떨어진다, 떨어져 포개진다, 우글우글 미끄러진다, 볏짚보다 단단한, 통나무보다도 안전한 벽돌, 아니 창백한 구덩이 아래로

쏟아진다, 갈라진 발톱으로 허공을 할퀸 자국, 멀리서도 낭자하다, 젖꼭지를 놓쳐 버린 아기 돼지 울음소리, 꿀꿀꿀, 굴러떨어진다, 날쌔게 달려오던 늑대보다도 더 날카로운 이빨로, 네 번째 이사를 재촉하는 굴착기 앞에서, 속수무책, 반쯤 넋을 놓고 뚝, 뚝, 뛰어내린다, 이쯤이면 집단 이주도 괜찮겠다고, 꼭 한 번 허공을 날아 볼 심산이었다고, 공중으로 몸을 날리는 찰나, 알몸으로 뒤엉켜, 수북하게 쌓여 가는, 꽥꽥 꿈틀거리는, 저 여린 살점들

흔적도 없이 사라진 언덕, 수없이 갔다 돌아오는 길에 피어 있던, 샛노란 복수초 한 송이,

하마터면 아름답다, 말할 뻔, 했다

종이꽃 리스

—팽목항

누군가 연둣빛 수국을 어루만진다
귀를 댄다
코를 댄다
입을 맞춘다

어제의 일인지 아침의 일인지를 묻는 친구에게
어쩌다 슬픈 눈의 물고기를 눈에 들였니, 묻지 않았다

걸음을 재촉하는 사람이 있어 돌아보다
어디로 가야 할지 표류하는 일이 막막했다고 중얼거린다

난로를 쬐는 시늉으로 물속 공중 부양 중인 우리는
어떤 집으로 들어갔다
한 사람 두 사람, 등을 구부리고 진열장으로 사라졌다
한 사람 두 사람, 말린 슬픔을 들고 나와 이름을 걸어 놓았다

어리둥절한 우리처럼
어리둥절한 얼굴로 찾아온 이들이 꽃을 들고 와 안부를 묻는다

연보랏빛 작약, 라일락, 새빨간 아네모네, 희디흰 국화,
노란 개나리, 노란 개나리, 노란 개나리… 노란

향기는 너희 몸에 스며 있구나

미뤄 둔 말은 어떻게 전해야 하나,
못 들은 척, 두고 온 새 신발 한 켤레를 바라본다

우리는 뜻밖의 장소로, 돌아갈 수 없는 여행을 왔다
예정에 없던 일이다

수상한 거리

저물 무렵 호박이 넝쿨째 굴러다녀요 불 밝힌 호박 등이 소형자동차 등딱지에 실려 굼벵이처럼 느리게 굴러다니죠 건장한 사내들은 호박관광나이트 깃발을 들고 용맹하게 행진을 하죠 신이 난 아이들이 우르르 몰려가면 애야 핼러윈 축제는 아직 멀었구나 점잖게 타이르며 서둘러 집으로 돌려보내죠 시무룩한 얼굴로 아이들이 돌아가면 누군가 모르는 척 호박 한 덩이 슬며시 끌어안고 돌아서요 그런 집에서는 서둘러 저녁상이 차려지고 다정한 자장가가 재촉하듯 들려오죠

아이들이 잠든 사이 호박 마차를 탄 엄마와 신데렐라의 유리 구두를 든 아빠가 관광을 떠나고 있어요 황진이 오징어 땅콩… 명찰을 단 웨이터들이 손을 한번 휘저을 때마다 화려한 상이 차려지고 알 수 없는 눈빛들이 오가는 사이 엄마는 아빠를 아빠는 엄마를 잃어버리기도 해요 자정이 넘어도 마법은 풀릴 줄 몰라요

일찍 자고 일찍 일어난 새 나라의 엄마가 장바구니를 들고 들어와요 신문을 든 새 나라의 아빠가 헛기침을 하며 들어오는 새벽, 시들고 일그러진 호박 하나가 시치미를 떼

고 집 안을 굴러다녀요

모나크나비

홀로는 미미해서
우리는 오렌지빛 군중으로 멕시코 서해를 비행 중이다

대이동이 세대를 이어 간다지만
불가사의 긴 여정이 끝나고 나면
우리는 잠들 것이다

날개를 접는다는 건
두려움을 접는다는 말
비로소 평화를 찾았다는 말

우리의 더듬이는
수천 마일 저 너머의 자유를 궁리하는 일

잠에서 깨어나면 무엇이 달라질까

대를 이어 남쪽을 살다 오라는
가장 단순하고 간절한 바람
국경을 허물어 산맥을 날아야겠다

쉬었다 갈까
마주 선 검은 구름 앞에서
미미한 우리의 날갯짓은 서로의 무늬를 완성한다

오렌지빛 우리의 행진은
세대를 이어 다시 돌아오는 중이다

스티그마

—옥에게

연예인의 결별 소식도 들리지 않는 오늘
거리에서 포옹하는 연인들을 본다
이런 풍경은 아무렇지 않은 세상인데

한센인 정착촌에서 살고 있는 너는
자주 이별의 형식을 기록했다

저 너머 세상에 바리케이드를 치고
아무에게도 하지 못한 너의 말을 대신해 본다

—나의 집은 스스로 은둔하는 절벽 위의 요새
—나의 연애는 아주 뻔한 결말

누가 너의 마음에 검은 도장을 새겨 놓았나

사랑을 증명해 주겠다는 듯
정거장에서 키스하는 연인들도 보았는데

어느 날 우연히
보도블록 위에 핀 꽃을 만나듯

심장이 무말랭이처럼 말라 간다는 말 다 잊어 달라던
너를 만난다면

하지만 나는 모른다
네 사랑의 결말을

• 자원봉사 활동 때 들었던 한센병 2세들의 이야기를 떠올린다. 결혼을 위해 천륜을 끊거나, 또는 속일 수밖에 없는 이들의 정서적 고통은 자신들 때문에 또다시 마음의 골병을 앓는 1세대에 대한 죄책감이 된다. 한센병은 유전되지 않는 완치 가능한 피부병이다. 한센인 2세들은 '미감아'라는 이름으로 그들의 부모들처럼 정착촌에서 격리 생활을 하는 사회적 타자다.

무릎 꿇는 여자

손이 따뜻한 여자를 만난 적 있네
나이가 많건 적건 누구 앞에서나 무릎 꿇는 여자

버려진 줄도 모른 채 다리 밑에서 울고 있었다는 여자
글자를 모른다고, 손가락이 못생겼다고, 눈썹이 떨어졌을 때
업어 주고 달래 주던, 아버지 같은 남자를 남편으로 섬겼다는, 소록도에 가서야 문둥이란 걸 알았다는 여자

후유증으로 눈이 먼 영감에게 밥을 먹여 주고, 몸을 씻겨 주며 어디 가지 마,라는 말을 연발할 때면 영락없이 어린애인 여자,

틈틈이 배운 루믹스 GX1 카메라를 들고 꽃들 앞에 엎드린다
꽃들 앞에 냉큼 무릎 꿇을 때가 예쁘다고 하면 파, 웃음을 터뜨리는 그 여자, 뭉그러진 호박 앞에서도 돌돌 몸을 말고 셔터를 누른다 비웃음을 끌고 오는 바람과 종주먹을 내미는 돌멩이 앞에서도 무릎 꿇는다

알에서 막 깨어난 병아리 다리만큼이나 가는 꽃대가 땅에 실금 긋는 걸 바라보는, 짓물러 옹이 진 여자의 무릎 아래, 그저 살아 보자고, 꽃눈 돋아난다

모닝커피를 마시다

닭들이 아침을 쪼아 먹을 무렵
그가 문을 두드린다

눈을 뜨자마자
제일 먼저 하는 일이
언덕 아래 파란 지붕을 바라보는 거라는
김 씨

파란 지붕은 건강인의 거처잖아요
나는 속해 있는 사람이 되죠

모닝커피 시간은 그의 방문으로부터 시작하는데
케냐보다
과테말라보다
자메이카보다 더 아득한 김 씨 이야기
꽃자수 보자기에 새겨 내어 주고 싶었지

뭉그러진 발을 절뚝거리며
끝내 살아가야겠지만

굿 모닝 커피 향이 퍼지는 그 순간이
건강인인 것만 같아 좋다는 말
오래도록 커피 잔을 만진다

달력 속 유채꽃이 생각에 잠긴다

• 건강인: 한센병 환자들이 비환자들을 지칭할 때 쓰는 표현.

오월의 집

이웃집 철문은 주먹 쥔 새의 울음

한밤중 담 너머 뒤뜰은
각목을 든 발소리로 날카롭다

나뭇가지도
나뭇잎도
꽃잎도
발소리를 닮아 갔다

아무도 실핏줄 터진 담장의 상처를 묻지 않았다

오월이 나를 데려갔지, 아침은 오지 않았지, 쏟아지는 천정의 불빛은 완강했지, 세상은 너무 멀리 있었지, 왜 여기 있는 거지, 목록에 없는 기억이 떨고 있는 눈을 비벼 댔지, 흰 벽의 절망이 나를 후려칠 때마다 불빛은 창백하게 흔들렸지, 집으로 돌아와서도 불빛은 꺼질 줄 몰랐지, 잠들 수 없었지, 그랬었지,

그날의 비명을 움켜쥐고 은둔하는 고문 기술자는 예술

을 논했다

맑은 날을 뒤지며
강아지들이 골목을 뛰어다닌다

주권

네 살 아이가 라면을 먹는다

두 눈까지 흘기며
결연한 다짐이라도 하겠다는 듯 뚝, 뚝 면발을 끊는다

집게손가락은 정오의 태양을 찌른다

—재가 안 비켜 줘요

밥상의 위치는 아이 혼자 힘으로 이룬 영토

그러니까
비켜서지 않아도 될 아이의 권리

밥상을 지켜 내려는 천진한 저항에

태양은 문지방을 넘지 못했다

잔뜩 배부른 아이는 햇살을 베고 낮잠에 들고

삽니다

지하도 계단 아래 무허가 좌판이 열렸습니다 껍질을 벗기는 여자의 손등과 이마의 주름을 쏙 빼닮은 더덕이 뽀얀 살을 내밀고 쉬고 있습니다 더덕의 일생을 헤아리며 여자는 문신처럼 땅속 어둠이 새겨진 손톱을 들여다봅니다 행인들이 떨어뜨린 지상의 햇살이 바닥에 떨어집니다 발길에 딸려 가는 저녁의 냄새를 본척만척합니다 오늘은 오동통하니 흙냄새가 좋다며 주문하는 손길에 남은 부스러기들이 재재거리며 쪼그린 무릎을 대신 짚어 줍니다 희망처럼 다닥다닥 매달렸던 감나무 집의 기억도 덤으로 얹어 줍니다 간혹 호루라기 소리에 놀라 튕겨 나간 더덕 뿌리를 꽉 움켜쥐며 여자는, 삽니다 자꾸 말을 걸어오는 더덕의 향내를, 나는 삽니다 아무도 궁금하지 않은 더덕의 하루가 깊은 단잠에 듭니다

호미꽃

구부러진 길에 꽃이 있다. 한 사람만 알고 있다. 갈라진 벽에 햇볕 들어서자 표정이 환해진다.

벽 속의 습기가 키워 낸 꽃 한 송이
자루 빠진 호미가 들고 있다.

어쩌다 여기 뿌리를 내렸나. 제 살점 떨어지는 줄 모르고 호미는, 꽃대를 추슬러 업는다. 곤히 잠을 자던 꽃잎이 호미 품을 파고드는 동안 등을 토닥이던 바람의 얼굴 붉어진다.

검버섯 핀 노인의 손이 호미를 누른다. 떨어진 녹 부스러기 평생을 파고들던 흙바닥을 품는다. 노인은 속을 긁어 대던 호미의 기억을 거름처럼 쓸어 모아 벽 틈새로 밀어 넣는다. 오므린 손금 안에서 빠르게 노을이 쏟아진다.

뒤꿈치를 든 꽃의 뿌리가 호미에게로 기울어진다. 탁탁, 손을 털고 일어서는 굽은 허리가 가벼워진 햇볕을 업고 뒤란으로 사라진다.

아직 늙지 않은 꽃향기 무료한 그림자를 깨문다.

응원석

경기가 끝난 미니 축구장 응원석에 한 사내가 누워 꼼짝을 않는다 바람이 축구장 둘레를 몇 바퀴 돌아온 뒤에도 기척이 없다 폐지 더미처럼 쌓인 저녁의 무게를 견디지 못하고 새들이 둥지를 찾아 날아가는 동안 마지막 조명마저 물거품처럼 톡, 꺼진다 빈 과자 봉지 몇 개가 저희끼리 툭툭 공중차기를 한다 카악, 침 뱉는 소리와 함께 담배꽁초가 떨어진다 사내는 아직 불씨가 살아 있는 꽁초를 향해 손을 뻗다 남은 생수병을 쓰러뜨린다 엎질러진 물이 층계 바닥으로 흘러간다 깨진 유리 조각 같은 하늘이 질끈 눈을 감는다

순간, 돌아누운 사내의 눈이 수비수도 없이 뻥 뚫린 골대를 향해 굴러간다 응원석에 앉아 있던 버즘나무 잎새들, 일제히 일어나 손바닥을 치며 파이팅을 외친다 또 한 번 포물선을 그리며 뒤로 힘껏 출렁거리던 그물, 깊은 목구멍이 보이도록 사내를 향해 입을 벌린다

No. 07635915

새벽안개는 흰 도화지를 닮았다

포클레인 한 대가 지붕을 덮친다
벽돌 공장이 무너진다
오줌을 누던 인부가 쌍욕을 하며 뛰쳐나온다

봤지
붓질은 이렇게 하는 거야
속도감 있게
강렬하게

움푹 파인 공장 웅덩이에
순식간에 완성된 그림 한 점이 새로 걸린다

아무도 공장으로 돌아가지 못했다

가만히 있는 4월

살 없는 나무들의 뼈가 먼 부두를 내려다본다

급박하게 수면 위로 떠오른 꽃잎들
고인 빗물 속에 가만히 떠 있다
그럴 이유가 있다는 듯이

눈이야
세 살배기 아이는 혼신의 힘을 다해 맥아더 동상 앞으로 달려간다
후후, 천진난만 입김이 꽃잎을 일으켜 세운다

밀어내는 손도 없는데 봄이 오지 못한 부두
젖은 발들만 속속 돌아온다

우리는 왜 가만히 있었을까

수상한 파티가 열린다는 분분한 소문이 들렸지만
두고 온 것들에게서 멀어질까 봐
창백한 유서를 먼저 쓰느라고요

후룸라이드를 타고 낙하할 때처럼
비명을 지르지 못해 미안해요

발목 없는 꽃잎이 유령처럼 걸어온다

무게 이동

일기예보를 듣는다

"상층에 머물던 찬 공기가 점차 동쪽으로 이동하면서 주로 동쪽 지역에 소나기가 내리고 있습니다."

구름을 동쪽으로 데려간 것은 바람이겠지만
동쪽의 누가 소나기를 불렀을까
객쩍은 상상이 우스운데

문득, 거기 어디 물 마른 논에서
재잘대는 빗소리 다 잊을까 봐 노란 민들레 한 송이가 불렀나
뼛속까지 햇볕에 덥석
기억을 물린 옥수숫대가 불렀나
밭작물 시들어 가듯
헛헛한 마음에 화단을 들여다보는 누가 불렀나

"먹구름이 동쪽으로 이동하면서 지금 서쪽 지방은 햇살이 간간이 비치고 있는데요"

기상 캐스터의 예보를 따라 구름 사이 파란 하늘이 보이는데 마른 꽃잎 피듯 초인종이 울린다

생수 몇 박스
동쪽의 소나기처럼 도착한다

한 박스 700원 노동값이
산돌림 쏟아지듯 서둘러 이동 중이다

제3부

밤새 콩나물이 자랐다

자다가 꼭 한 번, 오줌이 마려웠어
(꿈에서 깨지 말지)

베개에 올라앉고, 콩나물시루 받침에도 쪼그려 앉았어
(차라리 굶주린 어둠을 노래하지 그랬어)

조르륵 조르륵 오줌 소리를 따라
반들거리며
콩나물이 자랐어
(귀를 닫고 너도 자랐지)

그게 무슨 엄숙한 의식이라고
검은 보자기를 찢고 나온 비명이 달빛을 물어뜯었어
(대소쿠리 너머 젖은 눈동자를 기억해)

한 움큼 뽑아 올린 콩나물의 물기를 탁탁, 털어 낸다
까만 껍질이 아무렇게나 떨어진다
(오늘 저녁은 고추장을 넣어 콩나물 비빔밥을 해 먹자
아무 일도 없던 것처럼)

중심

문짝 없는 변소에서
꼿꼿하게 고개를 쳐들고 있는 위구르 여인
아무런 흔들림 없이
속눈썹만 열었다 닫았다
출입구 정면을 똑바로 지키고 앉아 있네
얼굴 시뻘겋도록 힘을 주고 나서야
부드럽게 휘어지며 몸을 빠져나온
중심

내가 맨 처음 중심에 닿기 위해
두 손을 움켜쥐었을 그때도
붉은 낯빛의 저 위구르 여인처럼
얼굴 붉혔을 것이네
왼쪽 오른쪽, 기우뚱거리지 않기 위해
양다리로 힘겨루기를 하는 동안
눈물이 먼저
중심을 통과한다는 것도 알았을 것이네
누군 세상의 중심이 궁금해 신문을 뒤적이고
누군 유레카를 외치며
뜨끈한 웃음을 두 손에 담았을 것이네

위구르 여인처럼 쪼그리고 앉아
맨 처음 나를 통과한
내 몸의 중심을 부드럽게 매듭지었을
어머니의 어머니
감쪽같은 두 손을 기억하네

새는 냉장고 뒤로 날아갔다

안개꽃을 한 아름 안고 여자가 돌아왔네
집 안 가득 꽃 냄새를 펼쳐 놓던 여자는
아무런 뜻도 없이 서 있는 냉장고에 기대며 말했네
봐, 구름의 발자국이 보이지, 맡아 봐, 이게 바람의 냄새라는 거야

백지 같은 냉장고 앞에서 여자는
배경 없는 정물 같았네

문을 열면 소화불량증 여자의 기억
와르르 쏟아지네 꼬들꼬들 말라 가네
시든 상추 잎을 집어 들며
한 번도 본 적 없는
푸른 애벌레 이야기를 들려주네

일 령, 이 령, 몇 개의 잠을 자고 나야
팔랑거리는 날개를 달고 나올까
몇 개의 산과 강과 들판을 지나야
떠났던 길로 다시 돌아올 수 있을까

마른 국수를 똑똑 부러뜨려 모이통에 담는
울지도 웃지도 않는 여자의 눈 속에서
방금 전 들려준 푸른 애벌레를 생각하네

바닥에서 횃대로, 횃대에서 둥지로
잘게 자른 꽃 모가지를 물어 나르는데
얼굴을 파묻은 채 여자는 안개꽃을 자르네
짓이겨진 풀물이 바닥에 떨어지네
꽃 냄새는 번져 가는데, 아무도 눈치채지 못하네

냉장고를 열어 두고 여자가 사라졌네

처방전

넘으 말이 약이 될랑가 모르것지만 아야 내 이야기 들어 보그라이 뭔 사내가 뭔 말이라도 한 소리 혔다가는 머리끄댕이 끄잡고 작신 뚜드려 패기만 허드랑께 술만 처묵고 오믄 멍석말이 혀 놓고 도리깨로 콩 마당질 허듯이 장작개비로 후려치는디 꼼짝없이 죽을랑가 싶었제 무서버서 떨리고 분허고 분혀서 떨렸제 새끼털도 눈에 안 뵈고 참말로 요래 갖고는 못살겄다 허다가 옛날 으른들헌티 들은 이얘기가 생각나드만 죽이고 싶은 그놈의 나이맹크롬 그놈 모리게 그놈의 대그빡에다 절을 혔다는, 시방 뭔 소린가 싶것지 그까잇 절, 혀도 그만 안 혀도 그만이제 허기 싫으면 말고 근디 쇡이 앵간하믄 혀 봐도 좋것제

이웃 할머니 얘기 아슴아슴 살아나는
한밤중에 그녀가 절을 한다
깊이 잠든 사내의 머리맡에
몰래 무릎을 꿇는다
일 배, 이 배, 삼 배… 인아득례(因我得禮)
오리무중이던 달빛이 사내의 이불자락을 토닥인다
바람이 유리창에서 가만히 숨죽이며
다시 사내의 나이를 헤아린다

풀썩, 바닥에 앉은 먼지 한 점
빤히 그녀를 올려다본다

● 인아득례(因我得禮): 옛날 중국 현사사비(玄沙師備, 835-908) 스님에게 어떤 사람이 법문을 청하러 가서 삼배를 하니 "인아득례라, 나 때문에 네가 너에게 절을 하는구나"라고 했다.

우리는, 앉아서

태생이 그렇다

배를 앞으로 쑥 내밀고, 서서 오줌을 누는 일은
활시위가 날아가듯 팽팽한 힘줄로 몸의 거리를 측정하는
일은
우리의 일이 아니다

천년나무 아래 소년들처럼 오줌 멀리 싸기 흉내를 내다
두 다리에 흘러내린 얼룩으로 울먹이는 딸아
지평선 너머 어디쯤 도달할 사정(射精) 거리의 비밀을
우린 알지 못한다

앉아서 대지의 응집력을 마주 바라보는 것은 우리의
방식

우리는, 앉아서
이렇게 달빛을 품고 앉아 대지를 핥을 것이다
우리의 젖을 먹고 자란 야생의 대지를

세상의 첫 울음이 생겨나는 목숨의 거처

이것은 우리만 할 수 있는 일
태생이 그렇다

• 천년나무 아래 소년들처럼 오줌 멀리 싸기: 장수경, 『오줌 멀리 싸기 시합』, 사계절출판사, 2010.

물벼락

이불을 걷어 보니
반짝이는 슬픔이 놀란 눈으로 떨고 있습니다

아무래도 볼 붉은 정체불명이
나의 잠 한가운데를
적지로 오인했나 봅니다

꼼짝없이 방바닥에 달라붙어
낮은 포복으로 기어 오는 균열을 읽습니다

꿈은
꿈을 꾸는 순간부터 이미
꿈밖의 세상으로 튀어나와 말라비틀어졌을지도 모른다고
생각하는 사이

농사꾼 백 씨가
물대포에 쓰러졌습니다
죽은 나락이
죄 없이 쓰러진 채로
귀 막은 세상을 넘어갑니다

미열도 없이 얼굴을 잃어버린 나는
눈을 감고
녹아내린 몸을 더듬거립니다

내가 널, 우리가 널, 지켜 줄게,
명분 없는 말은 언제나 위태로워

튀어 나간 정신줄을 주먹에 쥐고 쏟아지는 잠을 조율해 봅니다
젖은 이불을 덮으면서

농담 같은 광경은
어디서나 목격된다고 중얼거립니다
그렇지 않습니까

과연
그렇지 않습니까

얼음 호수

마지막으로 후투티 한 마리 바닥을 치고 날아간 다음, 호수는 서둘러 문을 닫았다

종적을 감춘 물을 바라보며 나무 한 그루, 제 가지를 흔들며 뒤척였다

햇빛은 기척도 없이 걸어 다녔다

어디선가 돌멩이 하나 날아와 떨어지자 흔적도 없이 허공에 금이 가기 시작했다

가끔씩 지나가던 바람이 문을 흔들어 보았지만 그럴수록 문은 더 팽팽하게 닫힐 뿐

대문 앞을 서성이는 발자국 소리처럼 한차례 비가 쏟아졌다

우듬지에서 잔가지 하나 가벼이 떨어져 갸웃, 문틈을 내더니

단단히 영근 물집 하나를 기어이 톡, 터뜨리고야 만다
순간

시퍼렇게 멍든 수십만 개의 물방울들이 반짝이며 튀어
올랐다

나무는 발가락을 꿈틀거리며 거울 속 발그레 물든 얼
굴을 내려다본다

당신의 염려

말이 없는 새벽이 점점 좋아집니다
당신은 새벽에 집을 나서지 말라지만

허공에 떠도는 물방울과 물방울 사이
우수수 귓속말이 쏟아집니다

팽창하는 검푸른 빛을 뚫고
새는 태양의 동태를 살핍니다
새의 언어를 이해하자 나무들이 깨어납니다

쓰러진 어둠을 일으켜 세워도 아무도 간섭하지 않습니다
뒤를 돌아보면
거짓 웃음이 이빨을 드러내기도 하지만
당신은 싱긋 웃어 줍니다

세상의 모든 쓸쓸함을 갉아먹던 벌레들은 어디로 갔나
찬밥 같은 안개의 어깨를 툭툭 쳐 봅니다

거기, 누구 없어요?

소리치지 않아도
당신의 염려는 두려움보다 앞서 옵니다

무서웠지?

새벽엔 나서지 말라는 그 말을 따라
살얼음 같은 하루가 열립니다

미지근한 시간

커피 한 잔에 4분을 내어 줄까 말까 망설이는 동안 한 걸음 멀어진 저녁은 기억을 버린다

어떤 문장으로 당신을 불러 볼까

석양이 어깨에 기대는 것도 모르고 나 없는 곳에서 서성이는 바람의 맨발이 되었다
아무 일 없는 듯 더디 자라는 홍콩야자의 손가락 사이로 벙어리 물고기가 헤엄친다

조금씩 바래 가는 시간
잠과 잠 사이를 맴돌다
오래된 벽지에서 슬프지도 기쁘지도 않은 사소한 마음을 읽는다

그리움과 외로움의 차이를
살아가는 표정과 견뎌 내는 표정을
모호한 등 뒤에 낙서처럼 그려 보는 궤도 열차를

온돌방 같은 심장에 귀를 대고 홀로 안도하는 저녁

갓 지은 밥 냄새가 양팔을 뻗는다
따뜻한 기억을 창문에 남기면서

•커피 한 잔에 4분: 영화「인 타임」에서.

머리카락의 내력

1

어디에도 닿지 못한 말을 자른다

2

맨 처음 길을 잃었던 여섯 살
숲 속 그늘은 원시의 발자국

어째서 아프지 않은 걸까
솔잎에 찔려서도 찡그리지 않는 햇빛은 신기해

붉은 피가 흐르던 맨발의 상처를 뒤늦게 알아챘다
사람에게 가는 길을 찾지 못해 헤맨 후였다

3

묶어 놓은 기억을 풀어 다시 빗질을 한다

따갑지

등 뒤를 스치는 간지러움이 시간을 헝클어뜨린다

먼 곳에서 반송된 우편물이 우주 밖을 떠돈다
심장의 통점은 손가락 끝에서 번진다

오랜 후회가 녹슬어 가는 시간을 헤집는다

4

오로지 빠져나가기 위해 비는 젖는다

일방통행은 언제나 헷갈려

나를 빠져나가고 싶어요
애원하는 순간에도 비는 내린다

스타킹이 걸어간다

올이 풀린 스타킹 한 바구니 들고
피아노가 된 나무 아래로 가야겠다
나무가 들려주는 피아노 소리 들으며
바늘귀에 가락을 꿰어
스타킹을 꿰매는 거다
목단 꽃문양 수놓은 골무를 손에 끼고
한 올 한 올 휘갑치기를 하자
올이 풀려 나간 기억을 불러 보자
스타킹을 뒤집어 손을 쑥, 집어넣고
박음질하듯 너무 촘촘히 걷다
보폭이 너무 커 허방을 딛다
주르륵, 찢겨진 세월에 삿대질도 해 보는 거다
노루발에 짓이겨진 상처쯤은
젖은 그늘 아래 묻어 두고
이제 그만, 매듭을 짓는 거다
여러 갈래 줄무늬 생겨난 자리엔
파릇한 나뭇잎 한 장 수놓아 보는 거다
이파리를 치던 빗방울 소리 지나가고
나무가 피아노의 마지막 건반을 누를 때쯤
새살 돋아난 스타킹을 신고 걸어가 보는 거다

•「피아노가 된 나무」: 아티스트 임인건의 2004년 앨범 『피아노가 된 나무』 중 두 번째 수록곡.

오래된 거울

토방에 내려앉은 먼지들이 차분하다. 회화나무 속살거리는 소리 가득한 마당을 지나 낯선 방들을 기웃거린다. 잠긴 문고리를 흔들다 가는 바람을 마주한다. 찢어진 창호지 틈새로 후욱, 빠져나온 습기들이 막 고치를 찢고 나온 나비처럼 햇빛 속으로 사라진다. 그새 사람들은 솟을대문 밖을 넘어갔는가. 대청마루 위로 곰실곰실 쥐며느리가 기어 나온다. 들어갈 수 없는 저 방들 어디쯤 비밀의 방 하나 있지 않을까. 쥐며느리가 밥을 짓고 물레를 돌리던 시간이 웅크리고 있지 않을까. 어쩌면 누다락 어딘가 항아리에 고인 꿀을 몰래 찍어 먹고 있을 댕기머리 계집아이도 하나쯤 있을 것 같은 날… 소풍 나온 여자아이 홀로 남아 창호지 구멍에 눈을 맞춘다.

흠뻑 젖은 별사탕 머리핀을 가져오지 못했다

제4부

도자기 페인팅

다시 태어나게 하려고 붓을 든다

섭씨 900도를 넘는 화기(火氣)를 견뎌야 탄생한다는 걸 누가 맨 처음 알았을까 초벌 도자기에는 아직 숨을 내쉴 수 없는 슬픔이 새겨져 있다 체념은 앎보다 빨라 바람이 어떤 언어로 몸을 끌고 사라지는지 이내 잊혔고 새장 속의 새를 땅에 묻어 주고서야 새도 배경을 가졌다는 걸 알았다 새를 불러들이기 위해 살재비꽃을 그린다 숨살이, 뼈살이, 살살이, 삼색 물감이 섞이고 섞여 서천꽃밭을 이룬다 너른 들판은 새들의 즐거운 놀이터 향기가 없어도 좋다 스스로 날지 못했으므로 모든 기억을 망각하기로 한다 뿌리도 없이 다시 태어난 나뭇가지에 새를 앉혀 두면 행복할까 새가 원하는 것을 생각하느라 시간을 보내는 동안

진흙 같은 물감을 움켜쥔 붓이 해쓱한 나뭇가지를 어루만진다 혼령처럼 스으윽 걸어와 잘 지내느냐 안부를 묻다 씨이익 웃고 사라지는 무늬를 다잡는다 또 하나의 육신이 전생을 앞세워 돌아온다

모형 집

오늘도 벽에 걸린 인형의 입에 슬며시 사람의 말을 새겨 넣는다

두리번거리며 들어서는 햇살의 눈이 액자 속 자작나무로 옮겨 간다

안 보이는 나무의 뿌리가 미지를 찾아 여행하는 얘기를 살짝 열린 문이 듣는다

누가 더 많은 감정을 숨길 수 있을까, 장식품들의 표정은 하나같이 모호하다

가지런히 묶인 커튼은 펄럭이지 않는다고 바람이 천장에 낙서를 한다

가짜 꽃이 창문을 내다보며 웃음을 쏟아 낼 때, 유령처럼 떠다니는 마음이 뒤꿈치를 들고 뛰어내린다

나를 흉내 내는 이 집을 무너뜨려 줘 배웅이 없는 집은 소용이 없어

얼굴 없는 무늬를 찢고 벽 속의 새가 날아간다

들어갈까

눈이 마주치자 좀 전의 집이 사라진다

그늘의 뿌리

빛이 조금 모자랐을 뿐입니다.
신발 한 짝, 공터처럼 앉아 있습니다.
공터의 그늘이 나머지 세상처럼 단단합니다.

바닥은 바닥의 생을 두고 잠시 생각합니다.
그늘이 오가는 공터에서
그늘은 잠시 몸을 숨겨도 괜찮습니다.

지척에서
빛의 알갱이들은 더 많은 빛을 만드느라 분주합니다.

어둠의 속살은 어떤 모양으로 세상에 걸어 나올까요.

내가 잠들었을 때
하얗고 찐득한 울음이 다녀갔다는 걸
반쪽 얼굴이 된 낮달을 보고서야 알았습니다.

지느러미를 흔들며 헤엄쳐 간 생각들
어디로 가닿았을까 염려하지 않습니다.

꼭꼭 숨어라
돌아오지 못한 당신은 항아리 속에서 술래가 됩니다.

그늘 넓은 팽나무 잎 층층이 쌓이는 소리에
저 너머 바람이 불끈, 제 힘줄을 잡아당깁니다.

조금 모자란 빛을 지지대 삼아 다시 오는 저녁이 몸을 엽니다.

숨

유령처럼 새벽은 열린 창문에 기대어 있고
포스트잇이 흔들렸다
불안의 글자들이 창문 아래로 떨어졌다

오랜 어둠이 따뜻한 결을 이루는 것을 보았다
죽은 기억을 들고 사라져 줄 수 있을 것 같다
글자를 잃은 포스트잇의 얼굴이 차갑다

아까워서 오래 쥐고 있었던 건 아닌데
식어 가는 까마귀 울음
다음엔 기척이 없다

찢긴 이파리가 제 심장을 마저 떼어 주는 그 순간이
평화라면
신의 세계에 도착할 수 있겠다

유채색 꽃잎은 환하다
환해서 홀로 천국이다

이상한 풍금

바람이 절뚝거리며 올라서는 음의 계단을 본다

언제부터인가 죽은 참새가 난처한 얼굴로 드나든다 과자를 주는 손이 없다고 코끼리 아저씨는 등을 비벼 댄다 새집을 짓지 않는 두꺼비 울음이 걸어와 앉기도 한다 간혹 계단 끝에서 종이비행기가 떴다, 눈처럼 찢어져 날리기도 했다

바람은 왜 자꾸 한곳으로 몰려들어
나뒹굴다 돌아서는 것일까
누군가 돌아온다면 흰 손가락을 뻗어 검은 침묵을 뚫게 될까

먼지 낀 창밖으로 낮달이 기웃거린다

조금씩, 불길하게

전해지는 이야기, 페달을 헛딛는 바람

스웨덴 Tag를 읽는 여름 1

낯선 나라에 여행 온 사람처럼
한옥마을에서 장터국밥을 먹고 있는 오후
뱉을 수도 삼킬 수도 없는 말처럼
뜨거운 밥알을 오물거린다

가방 속 세계지도엔
달빛 쏟아지면 미친 듯 걸어 보고 싶다고
네가 종종 소식을 전해 오던
발트해의 밤바다가 출렁거린다

처마 밑 풍경을 치고 막 도착한 바람이
무릎 위에 누워 있다
후욱 끼쳐 온 수국꽃 향내가 좋아
수국꽃을 키워 낸 흙냄새가 좋아
말하고 싶어질 때
혼자 밥 먹는 서양 남자의 가방을 읽는다

국적: Sweden

펜팔 친구 비르지타는 종종

검은 하늘을 떠도는 초록빛 유령 이야기를 전해 왔다

너는 어디쯤에 가 있을까
숲의 정령들에 지긋이 떠밀려
북쪽으로, 북쪽으로 향하고 있을까

해는 서쪽으로 기울어 있다
일주일 후면 스웨덴으로 돌아간다는 저 남자
그때쯤이면
북쪽의 창이란 창은 모두 열려
죽은 나뭇가지를 지키며 입김을 뿜어 대겠지

무덤을 산책하다

봉분을 스친 덩굴손은 고양이 걸음이다

이끼 낀 돌멩이와 흰 도라지꽃 향기를 지나 등골나물의 어깨를 치고 달아나는 덩굴손

상수리나무 수액을 빨고 있는 사슴벌레 앞에서 흡 숨이 멎는다
사각, 나뭇잎 갉아먹는 소리 혼자 어둠을 읽는다

더듬이를 세우고 보고 싶었던 얼굴을 그린다
꿈속의 얼굴과 달라 여기저기 고친다

하얀 실을 풀어 이승과 저승을 꿰매고 앉았던 하눌타리꽃, 게 누군가 싶어 사방을 둘러본다

산을 내려가는 물은 숨을 늦추고
자고 나면 이 어둠도 괜찮을 거라고 안 보이는 그림자 긴 팔을 두른다
봉분과 봉분 사이 따뜻한 숨이 퍼진다

동트기 전 이슬 한 입 물고 한 우주를 퍼뜨린다
고양이 수염 스치는 걸음으로

저녁 여행

깜짝 손님처럼 우울이 찾아와도 좋아

오늘 저녁엔 먹다 남은 김치에 콩나물을 넣어 국이라도 끓여 볼까

과묵함이 닮았다고 찾아오는 구름이 오늘은 무슨 말인가 하려는 듯 주저하며 집 주변을 배회한다

방금 전 베란다에 널어 둔 빨랫줄에서 물이 떨어진다 처방전을 주며 의사는 가습기 대신 빨래를 널어도 좋다 했다 의사의 말이 아니어도 빨래가 펄럭이는 풍경이 좋다 헐렁한 티셔츠 한 장, 팬티 한 장, 양말 한 켤레, 이건

누군가 살고 있다는 신호

석양이 초당마을 너머 바닷속으로 몸을 푼다

국이 끓는 냄새가 집 안에 번진다
두부를 넣으면 좋겠는데

급히 갈 데가 있는 것처럼 집을 나선다
베란다 빨래가 나를 쳐다본다
젖은 옷처럼 늘어지는 발걸음

눈떠 보세요, 누가 자꾸 눈을 뜨라 한다
불빛이 옥양목처럼 눈부시다
눈을 뜨면
살붙이가 보내온 새 신발도 신어 봐야 하는데

오늘 저녁이 너무 길다

집들이

조심스레 걸어오던 봄볕이 그늘 속으로 밀려납니다 눈빛만으로도 알 수 있겠다는 당신의 말, 지천에 소복합니다

옥양목 홑청에 마지막 숨결을 수놓은 당신은 어느새 연꽃 문패 달아 놓고 마중 나옵니다 사랑하고, 사랑하여, 사랑했다는 나의 말은 얇고 가벼워 대문에 들기도 전 바람에 흩어집니다

옮겨 온 짧은 생애가 연꽃 한 채에 가득합니까 찬 바닥을 펼친 당신은 한 상 가득 심심한 흰죽 냄새 차려 줍니다 마주한 나는 팔딱이는 심장을 숨깁니다 돌아선 햇빛은 침상 아래 켜켜이 쌓인 통증을 덮어 줍니다 기억은 벌써 아득해 백 년을 건너갑니다

서쪽으로 가지 않으려는 새들의 마음이 일어설 줄 모릅니다 다만 첫 마음, 문패처럼 걸어 둡니다

갱

깜깜한 밤을 마중 나온 아버지

막차를 타고 당신에게 갔지요 안전등 없이도 곧잘 앞서 가는 아버지 자정 넘도록 병실 문을 열고 계신 아버지 딸아 이리 온 내가 어둠을 파낼 테니 어서 눈 좀 붙이렴 채굴은 익숙해서 말이지 어여 어여 잠을 자렴 제발 멈추세요 아버지 하루도 쉬지 않았다는 괭이질의 증명이 마른기침을 해 대고 있잖아요 병상마다 갈라진 목소리가 옛 시절을 캐내는 것 이런 소리들이 또 하루를 살았다는 증명인가요 당신이 파 둔 터널은 너무 깊어요 뒤늦게 화분에 꽃이 피었다고 돌아보지 마세요

저쪽

착한 걸음으로 빗소리는 산으로 들어갔다
돌아볼지 말지 모를 형상들이 세상 끝으로 가고 있었다

검은지빠귀가 투명하게 지워지는 나무들을 통과했다
무너지지 않는 세상을 이해할 수 없다는 표정, 아무에게도 보여 주지 않았다
다만 이상한 세계로 자꾸만 멀어졌다

손을 내밀면 무언가 뚝뚝 끊어져 떨어졌다, 튀어 올랐다
햇빛의 몸뚱이를 뚫고 온 물방울도 참 투명했구나, 뼈없는 얼굴이 젖은 거미줄을 통과했다 누군가의 이름을 부르면 사라진 심장이 웅덩이를 맴돌았다

저쪽에도 기억은 존재하는가

저녁의 냄새, 파닥이는 물고기, 맨발에 닿는 흙의 손가락, 머리카락에 새긴 숨…
처처에 돋아나는 기억들이 이쪽으로 뺨을 비벼 댈 때

선명해진 슬픔이 빨래집게에 묶여 저쪽으로 펄럭이고

있었다

두고 간 말

생과일주스를 갈다 생각한다

한 사람이 죽으면
일생의 말은 어디로 사라질까

한곳에 모여 벽을 짚고 울고 있는
사람들의 옷깃 사이
조금씩 사라지는 늦봄의 숨소리 들리는 것 같다

화부는 굳은 혀의 온도를 높인다

있는 그대로 다 이해할 것 같은
한 사람의 세계가
가슴에 손을 모으고 불구덩이 속으로 들어간다

우리는 경청하는 자세로
유리벽에 귀를 댄다

그러니까, 죽어서도 홀로 불 켜진 방으로 걸어갈
티브이에 몸을 빼앗긴 사람의 말

화부는 몇 초 만에 생과일주스를 갈 듯 분쇄기를 돌린다

향에 기대는 슬픔의 비유를 좇다
살과 뼛속에 박힌 말을 놓친다

통점을 찍은 나비 한 마리
주과포 주변으로 날아온다

이제야 말을 하게 되었다고
나비는 긴 혀를 움직인다

화부는 남김없이 두고 간 말들을 모은다

각자의 해석으로
우리는 처음 본 집의 문패를 읽는다

산책하는 눈(雪)

선량한 얼굴로 떠나는 사람을 보네

흉터투성이 돌멩이 긴 독백을 시작하네
야광나무 열매를 물고 떠나는 새처럼

홀로 걸어간 발자국을 어질게 쓰다듬는
바람의 숨, 숨결

이쯤에서 무심해져도 좋겠다, 두런거리는 나무의 머리에 앉아 나무의 생각을 읽네

아무 일 없었다는 듯
옮겨 쓰다 만 책의 마침표까지 훌훌 털어 내는 소리 들리네

지상에 풀어놓는
천상의 이삿짐 고스란히 받아든 나무와 나무 사이에서
멀어지는 침묵에 바짝 귀를 쫑긋거리네

이생과 전생이 꼭 닮았다는 생각에 미치면

쓸쓸함도 좋아지네

온몸으로 하얗게
어둠이 웅크려 앉을 때

혼자 하는 식사

죽은 이가 그리운 게 아닐지도 몰라요

봉긋한 무덤이란
따뜻할수록 쓸쓸한 젖무덤 같은 것

산(山) 사람이 산(生) 사람보다 먼저 와 두런거리네요
오랫동안 멈칫하던 눈물이
곧 죽어도
방금 전 다디단 밥을 먹고 왔다고 우기네요

산 사람보다 먼저 와 곁을 내주는 산 그림자

이리 와
따뜻한 탕국 한 그릇 먹고 가지 그래

기척 없이 밥상을 끌어당기는 누군가도
산 사람이 그리운 게 아닐지도 모르죠

제5부

레몬

1

화면이 켜지고
남자는 가방에 레몬을 담는다
불룩해진 가방을 들었다 내려놓는 순간
세 개의 레몬이
한 개의 레몬이
가방 밖으로 굴러 나와 바닥을 흔든다
세 개의 레몬을 주워 담은 남자의 시선이
남은 한 개의 레몬에 머물다 돌아선다
아주 잠깐, 뒤돌아보는
남자의 가방이 열려 있다

가방이 아스팔트 길을 걸어간다
한 개의 레몬이 밖으로 굴러 나와
숲으로 들어간다
선명하게 사라지는 레몬의 세상

2

나뭇가지에서 양동이가 그네를 탄다
남자는 양동이를 붙잡고
한 개의 레몬을 들었다 내려놓는다
다시 레몬 한 개를
또 한 개의 레몬을 집어 든다
두 개의 레몬을 번갈아 쳐다보던 남자는
한 개의 레몬을 내려놓는다
남은 한 개의 레몬도 내려놓는다

그리고 힘껏
양동이를 밀어낸다
출렁거리며 사방으로 흔들리는 양동이
내 눈도 잠시 흔들린다
좌우라고 읽어야 할지 앞뒤라고 읽어야 할지

남자가 양동이를 오래도록 붙잡고 있는 동안
내 눈은 한 개의 레몬을 들어 올린다
다시 한 개의 레몬을 들어 올린다
남자가 양동이를 놓치자
내 눈이 들고 있던

두 개의 레몬을 담으려고
양동이가 되돌아온다

3

양동이가 사라지고
담장 위로 레몬 한 개가 올라온다
왼쪽으로도 오른쪽으로도
자리를 잡지 못한 채 옮겨 다니던 레몬이
담장 아래로 떨어진다

화면은 재생되고
레몬은 건물 밖으로 자라난다

모래 지도

밤새 뙤약볕처럼 쏟아진 불빛에 묶인
나무물고기가 흔들린다

어젯밤 꿈속을 밟고 물방울이 몰려다닌다
물길이 펼쳐졌다 지워져도 괜찮다
뜻밖에 만난 유령비를 순식간에 놓친 것도
버려야 할 기억이었으므로 괜찮다

기억을 버린 채 건기를 지나는 어항에도
강물을 건너온 궤적으로 한 줌 모래다
사라지는 것들이 무늬를 만든다고
어깨 너머 바람의 말이
겹겹이 돌아누운 둔덕을 넘어온다

심장 속에 파묻은 질문을 꺼내 답을 썼다 지울 때
철썩철썩 제 뺨을 때리는 이정표
부장품처럼 매몰된다

어제 없던 길을 한 사람이 걸어간다
고개를 저으며

다른 한 사람이 바꿀 수 있겠지만

돼지가 이겼다

열 마리 돼지 중 얼룩무늬 꼭 그놈이 말썽이다

밤새 제가 만든 똥 무더기를 뺏기지 않으려 앙버티는 녀석 필사의 저항으로 힘을 준 네 다리 사이로 삽자루를 들이민 나, 돼지에겐 도둑임이 분명할 터, 몇 번의 힘겨루기에도 끄떡 않고 콧방귀를 뀌며 딴전을 피우더니

온몸에 힘을 모아 돼지를 밀어내려는 찰나, 육중한 녀석의 몸이 사뿐 돌아섰다 철퍼덕, 그 쉰내 나고 찐득찐득한 똥 무더기라니, 녀석이 파 놓은 그 능청맞은 함정에 나는 옴팡지게 엎어지고 말았는데, 녀석은 잠자코 때를 기다리고 있었던 것이다

끈적거리는 각삽을 주워 들고 돼지의 궁둥이를 철썩 내리치는 순간, 나는 보았다 코를 벌름거리며 15도 각도로 살짝 들어 올린, 멀뚱멀뚱 눈을 뜨고 미소 짓는 돼지머리!

스웨덴 Tag를 읽는 여름 2

참을 수 없다는 듯 루핀꽃은 태양을 향해 가고 있다

포장도 뜯지 않은 색실이
배달된 채 그대로 주저앉아
꽃의 영혼을 불러 모은다

아눈드쇠 기법으로 수를 놓아야지
그런 생각을 끌어안고

여기로부터 멀어지기 위해
너는 잘 보존된 사진을 꺼내 든다

스웨덴 소녀는 푸른 루핀꽃을 들고 웃고 있다
너는 그런 소녀를 좋아했다
한 번도 만난 적 없는

그날의 기분에 따라
국제 편지 봉투에 쓰는 알파벳 첫 글자는
K였다가 G였다가

그때마다 너는 누구니, 하는 질문이 당도하고
질문이 불러온 악몽을 끌고
너는 북해를 닮은 거울 앞에 서 있다

나는 누구지?
아무에게도 들려줄 이야기가 없는 너를
멀리 보내기 위해
너는 먼 이국으로 편지를 쓴다

자정이 되어서야 해가 진다는
스웨덴 소녀의 이야기를 떠올리며

너는 포장을 풀어 색실을 꺼내 든다
끝이 둥글게 휘어진 바늘이 친절하게
맥을 짚어 가며 꽃의 혈관을 깨운다

멀리 가지 못한 이야기의 잔해들이
순환 열차 같은 둥근 쿠션을 따라 돌고 있다

색색의 루핀꽃은 침묵했고 어느덧 여름이 지나갔다

• 아눈드쇠 기법: 스웨덴식 자수 기법들 중 하나.

지하 주차장

기진맥진한 벌레처럼
가지런한 어둠 속으로 들어간다

어둠을 편애한다는 소문이 돌았지만 슬프지 않았다
차분한 검정의 세계가 마음에 들었다
그게 무엇이든 다 이루어질 것 같은
다락방처럼 편안하다

견딜 수 없는 것들을 품고
밤길을 걸어가면 고개 숙여 울고 있는
풀잎의 이마와 마주치곤 했다

속도를 조절하지 못한 감정을
어디에 두어야 할지 망설일 때도 그렇다

매번 출발점이 어긋난 먼지 입자의 아우성이
환풍기를 돌며 울고 있었다

모두이며 따로인 감정의 피신처에서
불안한 휴식은 수시로 위치를 옮겨 다닌다

눈을 감고 어둠 속에 저장해 둔
끝내 죽지 못한 마음에 시동을 건다

생각만큼 햇빛은 전투적이지 않았다

가면 바깥에서 놀기

1

거짓말 같은 신문을 찢어
감은 눈에 붉은 색칠을 하다
없는 귀로, 꽃잎 흔들리는 소리 끌어오다
끝내
본심을 숨기고
입이 없는 탈 하나를 완성한다

2

친구를 핑계로 울다 옵니다 오늘은 경이로운 일식도 보았는데… 기포처럼 떠오른 문자 메시지를 품고 산책 가는 길, 죽음을 갈무리하는 마지막 순간에도 엎어졌다 뒤집어졌다 하는 나뭇잎 주워 들고 휘파람이나 불어 볼까요 웅성웅성 바람이 구경꾼처럼 모여들면 한바탕 춤사위라도 벌여 볼까요 아무 일 없는 듯 눈시울 붉힌 얼굴을 문지르며 달이 지나갈 때까지

3

얼굴에 가면을 덮으면
새로운 영혼을 대신한다고 믿는 또또낙 인디오들
어느 날엔 눈 깜짝할 사이 백 년을 살다 되돌아온 나비가
된다

잠꼬대를 하다 부서진 유리같이 깨어나면
밤새 뒤집어진 세상은 낯선 얼굴 같아
산수국 가득한 옛 그림 속으로 들어가

거미줄처럼 갈라진 균열을 아슬아슬하게 날아 보거나
먼지 하나를 빌려 헛것으로 살거나
빈방에 들어가 덩그러니 살다
몸에서 떨어지지 않는 날개를 숨기고 꿈 안으로 다시
날아가거나

다녀간 이 없는 툇마루에 누워
다람쥐 알밤 까는 소리나 누설하며
사람이었다는 걸 까맣게 잊거나

거실

음악이 돼지 떼처럼 텔레비전 밖으로 쏟아진다
아무도 없는데
함부로 놀라야 할까 웃어야 할까

화초는 침착한 자세로 앉아 있다
서로 다른 언어로
비밀이 있었으면 좋겠어, 하고 말하지만
말을 하지 않는다

냉동 딸기가 녹아 없어진 문장을 찾고 있다
버려야 할 이유가
폐기된 제품 사용 설명서의 테두리를 따라 돌고 있다
테이블은 지나치게 진지하다

빨래를 널다
호주머니에서 떨어진 기차표를 들고 두리번거린다
선글라스를 어디에 두었더라

웅크려 앉은 액자 속 파도는 소리를 내지 않는다

이해하는 척
기울어진 책 더미가 무너진다

반죽하는 시간

가루약처럼 퍼지는 안개를 빠져나온다

분열된 기억의 입자들이 소용돌이치며 돌아온다

캄캄할 때 허기는 왜 더 밀려오는가, 뜬금없는 질문이 반복된다

운천동 논둑길은 정말 사라진 걸까

꾹꾹 치대는 열 손가락의 시간이 부풀어 오른다

들판에 주저앉은 울음아, 나를 알아보겠니

흔들리는 국숫발에서 자주 바람의 울음소리가 들려

다시 돋는 만약이라는 둘레를 지우는 사이 조금씩 멀어지는 귓속의 고요

식탁에 앉아 혼자 있다고 느껴질 때가 있지만 버려졌다 느끼지 않는다는 젬마 수녀의 엽서를 읽는다

죽은 말(言)들이 되살아난다

공중전화 앞에서 줄을 서고 싶다

11월의 저물녘이라면 더 좋겠다

조용히 낡아 가고 있는
못다 한 말이 책꽂이처럼 쌓여 있는
공중전화 앞에서

묵직한 침묵을 담고 있는 10원짜리 동전 지갑을 들고
3분 동안 가장 쓸모 있을 말이 무얼까 생각하다

빙그르르…
앞사람이 전화번호의 마지막 숫자를 돌릴 때쯤
내 기억 속 숫자들도 덩달아
가슴에 난 길을 찾아갈 듯하다

알고 있던 사람 모두 이곳으로 몰려와
몇 개의 동전으로 끊어진 시간을 이어 가던 곳
미완의 말들이 물구나무서서 기다리며
낮잠 든 골목길에 박힌 한 시절을 부른다

차례를 기다리는 동안 내 앞의 사람이

이별의 슬픔을 감추느라
입김으로 유리창을 가리지 않았으면
기왕이면
부뚜막에 정화수 한 사발 떠 놓는 극진함에
음, 음…
잠긴 목소리를 가다듬는
눈물마저 맑아지게 하는 사람이었으면

저 공중전화 부스 어딘가에
깜빡 잊고 두고 온 무언가가 있다는 듯
아무도 없는데 자꾸만 줄을 서고 싶다

양천구청역 우체통

밝은 태양과 냇물이 흐른다는
지하철역 입구에서
한낮의 정물이 되어 본다

손에서 만지작거리던 말이
유유히 걸어가 태양 아래서 낮잠 자는 시간

우체통 옆
나란히 선 나무에서
먼 길 떠나듯 꽃잎 내려와
하려던 말을 다시 써 내려간다

바람벽에 부딪힌 마음아
부르튼 입술의 물집을 부러 터뜨리진 말아야지
홀연히 건너온 기별은
빈집에 발 내밀어 보는 것처럼 쓸쓸해

사소한 문장에도 낯이 붉어지던 나는 관람객이 된다
지워지는 그림으로

들여다보면 공명통을 앓는 붉은 심장
우편배달부가 오지 않아 다행이다

고백이 되지 못한 말들이 유적처럼 서 있다

차경(借景)

충분하다
돌다리와 돌다리를 잇는 여백이면 노을의 보폭을 가늠할 수 있겠다

물고기의 표정으로
손바닥에서 가지고 놀던 소란을 공중에 매달아 놓는다

없는 어깨를 빌려 바람이 잠든다

따뜻해

혼잣말을 다 들어주고 가는 구름의 발밑에서 목이 쉰 버드나무

미끄러지는 기억을 놓치지 않으려 발목에 힘을 준다

반달을 보며, 반달을 기다리는 사람이 웃고 있다

단골집 하나 가지듯
충분하다

4′ 33″

손가락 끝에서 소리가 멈출 때 우리는 서로에게 집중합니다 우리의 대화는 처음입니다 가만히 건너오는 눈빛의 관객이 됩니다 손바닥을 오므렸다 펴는 찰나 수북이 쌓인 말(言)은 흰 이를 드러내며 무대에 오릅니다 간절히 듣고 싶은 말이 살 비비며 목구멍으로 넘어갑니다 곰팡이꽃 핀 말이 어둠 속에서 밧줄을 타고 선명하게 변주됩니다 먼지들의 속삭임 때문인지 귀가 간지럽습니다 눈을 감았다 뜨면 사나운 너울에 빨려 들어갈 듯합니다 소리는 손가락 끝에 감기고 우리는 짧은 대화를 마칩니다

나는 나와 점점 가까워집니다

•「4′ 33″」: 1952년 존 케이지가 작곡한 피아노를 위한 작품으로 4분 33초 동안 아무 연주 없이 침묵으로 채워진 음악.

첫, 눈(雪)의 시간

다가갈수록 멀어지는 맨 처음 이야기
알몸의 나무를 더듬는 손

어서 와
여긴 너무 멀어 따뜻하지

마른 입술이 달의 한쪽 팔을 베고 눕는다
아직 사랑하는 법을 몰라
마른 잎이 두근거린다

사방 적막하고
어떤 밑그림도 그리지 못한
우린 울지 않는다

너무 다정한 비밀들
어둠을 들추고 달이 사라질 때 우리는
맨 처음 기억으로 겨울을 살아간다

해설

시인의 처방전

안지영(문학평론가)

고통이란 죽음이 언제나 우리의 주변을 맴돌고 있다는 증거다. 죽음이 불현듯 당도하기 이전에 고통은 우리가 자기 삶의 소유자가 아님을 상기시킨다. 무언가를 앓는 이들은 물리적 통증과 더불어 불확실한 삶에 대한 두려움을 감당해야 한다. 시인은 그러한 고통의 이면을 예감하며 대수롭게 보아 넘길 만한 고통이란 없음을 노래한다. 병을 진단하고 가끔은 통증을 줄여 주고 그것을 치료하기도 한다. 고통을 예민하게 포착하면서 그것을 치유하는 자인 그는 처방전으로서의 시를 쓴다. 시인은 그 자신이 고통을 당하는 환자이자 고통의 치유자인 셈이다. 이난희의 시집 『애애라는 인형』을 읽으며 이러한 시인의 기묘한 존재론을 떠올리게 된다. 이 시집에는 세계와 살을 부대끼며 거기서 생긴 생채기를 공유하려는 마음과 그러한 마음으로 인해 고요히 일어나는 파문들이 기록되어 있다. 이난희는 느슨하지만 사물에 대한 애틋한 연대감으로 아픈 영혼들에 대해 이야기한다.

고통에 대해 조금 더 이야기해 보기 위해 시집에도 언급된 한센병 환자의 이야기를 연장해 볼 수도 있겠다. 일반적으로 알려진 것과 달리 한센병 환자들이 신체의 일부를 잃는 것은 병의 원인이 되는 나균에 감염되었기 때문이 아니다. 나균에 감염될 경우 신경이 짓눌려 아무런 감각을 느낄 수 없게 되고 이로 인해 환자들이 그 부위를 돌보지 않게 되면서 손가락, 발가락, 발, 손이 멍들거나 화상을 입거나 하다가 결국 그 부위를 잃게 되는 것이라 한다. 감염 자체가 아니라 고통에 대한 무감각이 자신의 신체 일부를 상실하게 하는 직접적 원인이라 할 수 있다. 그러니 고통을 무시하지 않는 것이야말로 세계로부터 자신을 지키는 보호막이라 할 수 있다. 그런데 이와 더불어 시인은 타인의 고통이 제3자에게는 감히 논하기 어려운 배타적 문제이기도 하다는 점을 이야기한다. 하여 이난희의 시에는 누군가의 불행에 대해 통감(痛感)하면서도 그에 대해 단정 지어 말하는 것을 경계하는 태도가 나타나는데, 이러한 망설임의 의미를 읽어 내는 것이 그녀의 시를 읽는 하나의 독법이 될 수 있으리라. 가령 다음의 시는 어떤가.

> 연예인의 결별 소식도 들리지 않는 오늘
> 거리에서 포옹하는 연인들을 본다
> 이런 풍경은 아무렇지 않은 세상인데

한센인 정착촌에서 살고 있는 너는
자주 이별의 형식을 기록했다

저 너머 세상에 바리케이드를 치고
아무에게도 하지 못한 너의 말을 대신해 본다

—나의 집은 스스로 은둔하는 절벽 위의 요새
—나의 연애는 아주 뻔한 결말

누가 너의 마음에 검은 도장을 새겨 놓았나

사랑을 증명해 주겠다는 듯
정거장에서 키스하는 연인들도 보았는데

어느 날 우연히
보도블록 위에 핀 꽃을 만나듯
심장이 무말랭이처럼 말라 간다는 말 다 잊어 달라던
너를 만난다면

하지만 나는 모른다
네 사랑의 결말을

—「스티그마—옥에게」 전문

이 시는 시인이 한센인 정착촌에서 봉사 활동을 하다가 들었던 한센인 2세들의 이야기를 모티프로 삼고 있다. 유전되거나 쉽게 전염된다고 잘못 알려지는 바람에 한센병 환자들은 전염성이 더 강한 결핵 환자들도 받지 않았던 대접을 받으며 추방되고 격리 수용되었다. 병에 걸렸다는 의심을 받으면 환자의 가족들에게까지 낙인이 찍혀 2세들은 부모와의 인연을 끊거나 적어도 제3자에게 이들이 자신의 부모임을 부정해야 하는 선택에 직면하게 된다. 이렇듯 사회적 낙인에서 벗어나기 위해 어쩔 수 없이 택하게 되는 혈육에 대한 부정은 이들에게 더한 상처로 남는다. 고통에 대한 육체적 무감각이 신체의 상실을 가져온다면 병으로 인한 사회적 낙인은 이들 영혼의 고통을 심화시키는 것이다. 더 이상 상처받지 않기 위해 이들은 이 세상의 누구도 이별하지 않는 순간에조차 "자주 이별의 형식을 기록"하며 "세상에 바리케이드"를 친다. 그리고는 사랑이 가져다줄 우연의 가능성을 믿지 않게 되어 버린다. 언제나 "뻔한 결말"이라는 비극에 갇혀 태어날 때부터 운명 지어진 삶의 전형 안에서 이들의 심장은 "무말랭이처럼 말라 간다".

이 시 외에도 사회적 낙인이 찍히거나 사회 구성원의 일부로 인정받지 못해 소외되어 가는 존재들에 대한 시선이 곳곳에서 나타난다. 커피를 마시는 순간만은 자신이 '건강인'인 것만 같다고 말하는 한센병 환자의 이야기(「모닝커피를 마시다」), 혹은 지하도 계단에서 더덕을 파는 할머니나(「삽니다」), 구부러진 길에 핀, 한 사람만 알고 있는 자루 빠진 호미(「호미꽃」)에 대한 시에는 대상에 대한 아련한 연민의 감정이 눅진하게 녹아 있다. 이난희는 "어째서 아프지 않은 걸까/솔잎에 찔려서도 찡그리지 않는 햇빛은 신기해"(「머리카락의 내력」)라고 읊으며 이들의 고통을 감각하지 못하는 이들의 무신경함을 의아해한다. 이 사회를 같이 살아가는 이들의 고통이란 자기 신체의 말단 부위에서 느껴지는 고통과 다를 바 없다. 이러한 감정이입 덕에 시인은 타인의 고통을 자신의 것인 양 반응할 수 있게 된다. 이러한 감각은 세월호 참사나 과잉 진압으로 인해 벌어진 백남기 농민 사망 사건과 같은 사회문제에 대한 상상으로 옮겨 간다.

우리는 왜 가만히 있었을까

수상한 파티가 열린다는 분분한 소문이 들렸지만
두고 온 것들에게서 멀어질까 봐
창백한 유서를 먼저 쓰느라고요

후룸라이드를 타고 낙하할 때처럼
비명을 지르지 못해 미안해요

발목 없는 꽃잎이 유령처럼 걸어온다

—「가만히 있는 4월」 부분

농사꾼 백 씨가

물대포에 쓰러졌습니다
죽은 나락이
죄 없이 쓰러진 채로
귀 막은 세상을 넘어갑니다

미열도 없이 얼굴을 잃어버린 나는
눈을 감고
녹아내린 몸을 더듬거립니다

내가 널, 우리가 널, 지켜 줄게,
명분 없는 말은 언제나 위태로워

튀어 나간 정신줄을 주먹에 쥐고 쏟아지는 잠을 조율해 봅니다
젖은 이불을 덮으면서

—「물벼락」 부분

한센병 환자들에게 사회적 낙인이 작동하는 방식은 세월호 참사 피해자 및 유족들에게도 동일하게 적용된다. 이는 「가만히 있는 4월」에서 '가만히 있었던 우리'와 '우리'에 속하지 못한 피해자들 간의 구분으로 나타난다. 「물벼락」에서도 이는 '나', '우리'와 '너' 사이의 구분으로 표현된다. 한데 이들의 고통에 대해 미안함을 느끼고 그들과 마찬가지로 육체가 녹아내리는 환각을 경험하면서도 시인은 혹시나

이들의 고통이 지닌 고유성을 침해하지나 않을까 몹시도 조심스러워 한다. 그녀는 감정이입의 역능을 맹신함으로써 자기를 구원자로 내세우는 자만을 경계하고, "내가 널, 우리가 널, 지켜 줄게"라는 말이 그저 명분 없는 약속에 그칠 수 있음을 염려한다. 돌아보면 「스티그마—옥에게」에서도 시인은 "아무에게도 하지 못한 너의 말을 대신해 본다"라며 그 뒤에 옮겨 놓은 발화들이 어디까지나 자신의 상상에 의해 재구된 것임을 전제한 바 있다.

이러한 조심스러움은 이난희의 시의 온도를 일관되게 유지되게 하는 현실에 대한 균형 감각과 관련된다. 이 때문에 그녀의 시는 냉소적 제스처로 마무리되지도, 그렇다고 낙관적인 정의감에 불타오르지도 않는다. 소외된 자들의 고통을 함께 앓되 자기의 한계를 측정해 나가며 어디까지 타자와의 경계를 지워 나갈 수 있을지에 대해 천천히 탐문할 따름이다. 그러다가 시인은 자신도 몰랐던 모순된 욕망이 자기 안에서 수축하고 확장하는 운동을 경험하기도 한다. 타인의 고통을 아파하는 윤리적 자아와 그 고통에서 물러나고 싶어 하는 본능적 자아 사이의 숨바꼭질이 나타나는 것은 이 때문이리라. 이러한 욕망은, 그것이 도무지 피할 수 없는 것이라는 의미에서 운명적인 것이다. 이번 시집의 표제작이기도 한 「애얘라는 인형」도 그렇지만, 이난희의 시에는 마치 자동인형처럼 주어진 조건에 따라 자신도 모르게 무의지적으로 반응하는 주체의 처지를 비관하는 장면들이 종종 나타난다.

오늘도 벽에 걸린 인형의 입에 슬며시 사람의 말을 새겨 넣는다

두리번거리며 들어서는 햇살의 눈이 액자 속 자작나무로 옮겨 간다

안 보이는 나무의 뿌리가 미지를 찾아 여행하는 얘기를 살짝 열린 문이 듣는다

누가 더 많은 감정을 숨길 수 있을까, 장식품들의 표정은 하나같이 모호하다

가지런히 묶인 커튼은 펄럭이지 않는다고 바람이 천장에 낙서를 한다

가짜 꽃이 창문을 내다보며 웃음을 쏟아 낼 때, 유령처럼 떠다니는 마음이 뒤꿈치를 들고 뛰어내린다

나를 흉내 내는 이 집을 무너뜨려 줘 배웅이 없는 집은 소용이 없어

얼굴 없는 무늬를 찢고 벽 속의 새가 날아간다

들어갈까

눈이 마주치자 좀 전의 집이 사라진다

—「모형 집」 전문

시인에게 인공성은 어른의 세계와 관련된다. 사회생활을 위해 몇 겹의 가면을 쓰면서 자기 자신과 멀어지고 있다는 위기감이 나타난다. 천진난만한 목소리로 가식을 벗어던진 아이들과 달리, 가면을 쓴 어른들은 고정관념과 허례허식에 길들여져 가면서 세계와 점점 단절되어 간다. 허나 그렇게 가면을 쓰고 현실로부터 고통받는 자아를 억압하고 분리해서 냉담해지려는 전략을 취하던 시적 주체는 점점 자신을 눈에 보이지 않는 유령처럼 느낀다. 이에 따라 「모형 집」에서는 눈이 마주치면 흔적도 없이 사라지는 집처럼, 혹은 형체를 갖지 못하고 "유령처럼 떠다니는 마음"이 되어 과연 이 세계를 살아가는 '나'라는 존재는 무엇인가에 대한 근원적인 질문이 등장한다. 이에 따라 자아를 찾아가는 여정은 "안 보이는 나무의 뿌리가 미지를 찾아 여행하는 얘기"와 같이 신비하고 막연한 이미지에 비유되기도 한다.

하지만 세계와 단절된 자아에 집중할 때 타자의 고통에 무감각해지기 쉽다. 「모형 집」의 첫 구절을 다시 읽어 보자. "오늘도 벽에 걸린 인형의 입에 슬며시 사람의 말을 새겨 넣는다"는 구절은 시인에게 말이 지닌 생명력을 상기시킨다. 말은 자아에게 세계의 고통을 일깨움으로써 무감각을 감각으로 바꾼다. 해서 이난희는 "새의 언어를 이해하자 나무들이 깨어납니다"라거나(「당신의 염려」), "죽은 말(言)들이 되살아난다"라고 노래한다(「반죽하는 시간」). 말을 한다는 것은 영혼의 허기를 채우기 위해 말의 반죽을 빚어 심연에서 기억을 부풀게 하는 행위이다. 텅 비어 있는 "모형 집"을 온기로 채우는 열기이다. 이를 통해 의식하지 못했던 기억이 소생하면서 "가짜 꽃"의 시간을 무너뜨리고 세계와의 연결을 회복시킨다. 말을 통해 시인은 '너'와 만난다("어떤 문장으로 당신을 불러 볼까", 「미지근한 시간」). 그러니 죽은 말이 되살아나는 시간은 사랑의 시간이기도 하리라.

이를 통해 우리는 시인이 시를 쓰는 동력이 무엇인지를 눈치챌 수 있다. 무감각한 "모형 집"에서 벗어나고자 하는 탈주의 욕망은 세계와 자아 사이의 내밀한 관계를 인지하고 있는 시인에게는 당연한 것이다. 자아가 자신의 좁은 집 안에 갇힐 때 그는 자신과 세계가 차단되어 있다고 느끼며 동시에 자신의 고유성에 대한 믿음을 상실한다. 사회 안에서 정해진 규율에 따라 움직이는 인형에 불과하다고 느끼면서도 그 가면을 벗어 버리지 못하고 가면 뒤의 동굴 안에 갇혀 버린다. 자신을 사랑하지 못하기에 타자에게 사랑을 베푸는 데도 인색해져 간다. 해서 시인은 타자의 고통에 어떻게 반응할지에 대한 윤리적 고민을 밑절미 삼아 '나'라는 존재를 어떻게 탈구축할 것인지에 대한 물음으로 나아가고자 한다. 자아란 현존과 부재, 발화와 침묵, 감각과 무감각으로 기워진 누더기와 같다. 타인의 고통을 나누어야 한다는 당위에 공감할지라도 그것을 오롯이 실천할 수 있는 자는 드물다. 그럼에도 불구하고 말을 통해 타자의 고통에 다가서려는 용기는 무엇보다 그 자신을 구원한다.

이러한 감각은 하이데거의 존재와 존재자의 관계를 상기시킨다. 이는 어둠에서 빛을, 빛에서 어둠을 읽어 내는 감각에 다름 아니다. 그러고 보면 자기 얼굴 위에 덧씌워진 가면을 의식하는 데서부터 개체적 자아의 좁은 틀로부터 해방될 수 있는 실마리를 찾을 수 있는 것이 아닐까. 이난희는 "얼굴에 가면을 덮으면/새로운 영혼을 대신한다고 믿는 또또낙 인디오들"(「가면 바깥에서 놀기」)의 이야기를 꺼내며 가면의 창조성을 긍정하는 모습을 보인다. 이어지는 부분에서 가면을 쓴 존재가 이승과 저승의 경계를 넘나든다고 상상되어 온 '나비'에 은유되고 있는 점 역시 예사롭지 않다. 가면 쓰기를 초월적 존재로 상승하기 위한 예비 의식으로 여겨 왔던 신화적 상상력이 이 시에서 구체화되고 있는 것이다. 가면을 쓴다는 것은 산 자와 죽은 자의 세계 사이에 벌어진 틈을 포착하는 예민한 감각을 작동시킴으로써 보이고 보는 것, 즉 대상과 주체 사이의 시차 그 자체를 인지하게 해 준다. 이러한 시차를 발견한 자는 가면 안에 숨겨진 세계의 심연까지도 꿰뚫어 볼 수 있게 된다.

블랑쇼를 비롯해 시인을 저승의 세계에 내려갔다 온 오르페우스에 비유하곤 하는 것은 이러한 까닭 때문인지 모른다. 보이지 않는 세계의 깊이를 경험한 자들에게 사람들이 '현실'이라고 믿고 있는 세계는 껍데기에 둘러싸인 허상으로 보이기도 할 것이다. 다만 당연하게도 껍데기만을 인식하는 데 그친다면 그 시인은 그 이상의 경지를 발견하지 못할 것이다. 이 세계의 공허함을 역설하며 허무주의에 빠지는 데 그치는지, 아니면 그 너머에서 다시금 죽은 말을 살려 낼 사랑의 언어를 발견하기까지 이르는지는 시의 깊이를 가늠하는 중요한 좌표이다. 이번 시집에서 슬픔의 온기가 두드러지는 시들을 유독 주목하게 되는 것은 이 때문이다. 이난희에게 슬픔은 그저 껍데기에 불과한 것처럼 보이는 관습적 일상에서 초월적 의미를 이끌어 내는 동력이 된다.

넘으 말이 약이 될랑가 모르것지만 아야 내 이얘기 들어보그라이 뭔 사내가 뭔 말이라도 한 소리 혔다가는 머리끄댕이 끄잡고 작신 뚜드려 패기만 허드랑께 술만 처묵고 오믄 멍석말이 혀 놓고 도리깨로 콩 마당질 허듯이 장작개비로 후려치는디 꼼짝없이 죽을랑가 싶었제 무서버서 떨리고 분허고 분혀서 떨렸제 새끼덜도 눈에 안 뵈고 참말로 요래 갖고는 못살겄다 허다가 옛날 으른들헌티 들은 이얘기가 생각나드만 죽이고 싶은 그놈의 나이맹크롬 그놈 모리게 그놈의 대그빡에다 절을 혔다는, 시방 뭔 소린가 싶것지 그까잇 절, 혀도 그만 안 혀도 그만이제 허기 싫으면 말고 근디 쇡이 앵간하믄 혀 봐도 좋것제

이웃 할머니 얘기 아슴아슴 살아나는
한밤중에 그녀가 절을 한다

깊이 잠든 사내의 머리맡에
몰래 무릎을 꿇는다
일 배, 이 배, 삼 배… 인아득례(因我得禮)
오리무중이던 달빛이 사내의 이불자락을 토닥인다
바람이 유리창에서 가만히 숨죽이며
다시 사내의 나이를 헤아린다

풀썩, 바닥에 앉은 먼지 한 점
빤히 그녀를 올려다본다

—「처방전」 전문

이 시는 구어투를 살려 이웃 할머니의 목소리가 들리는 듯 이야기를 듣는 상황을 생생하게 재현하고 있다. 할머니는 "넘으 말이 약이 될랑가 모르것지만"이라며 이야기를 시작하고, 시적 주체는 고통을 경험한 당사자와의 거리를 유지하며 할머니가 증언한 내용을 그대로 옮긴다. 이 시는 술만 마시면 가정 폭력을 휘두르는 남편에게 오히려 절을 했다는 할머니의 말을 다만 간명한 이미지로 재구해 낸다. 섣부른 연민이나 분노를 첨부하는 대신 그저 들은 대로 말한다. 이러한 진술 방식은 말하는 이의 고통을 이해하는 것이 이 시에서 무엇보다 우선시되고 있다는 사실과 관련된다. 시적 주체는 타자의 고통을 이해하는 척하지 않는다. 다만 묵묵히 경청하면서 그의 입장에 서 보려 할 따름이다. 이 과정에서 마법이 펼쳐진다. 절을 하면서 할머니의 고통에 공감하는 사물들이 속속 도착했던 것처럼, 할머니의 말이 시가 되는 동안 고통은 따스한 슬픔으로 변화한다. 이 시에서 시적 변용은 할머니의 말을 마음으로 이해한 시적 주체의 감응에 의해 완성되는 것이다.

바로 이러한 말(言)들이 약이 된다. 세계로부터 고통을 소외시키는 낙인의 언어와는 달리 상처를 보듬어 안아 약이 되는 말이 곧 시이다. 그러니 시를 쓴다는 것은 고통을 주는 대상에게 절을 하는 행위와 다르지 않으리라. "혀도 그만 안 혀도 그만"이지만 한번 속는 심정으로 절을 하듯 시를 읊어 나갈 때 말은 이상한 치유력을 지니고 단절되었던 세계와 시인을 연결시켜 준다. 도무지 이해할 수 없는 고통마저 포용하는 초월적 자세로 무엇보다 그 자신의 존재를 상승시킬 수 있다. 그러니 이 시에서 남편에게 절을 한다는 것 역시 그저 자기에게 폭력을 휘두른 사내를 용서한다는 의미로 한정되지 않는다. '인아득례(因我得禮)'라는 말이 함의하는 바처럼, 누군가에게 절을 할 때 그 절은 자신에게 하는 것이다. 아무리 세계가 자신을 핍박하더라도 누구보다 자신을 존중하고 사랑하는 마음을 버려서는 안 된다. 이는 자기 고통에 대하여 무릎을 꿇고 그 어떤 고통도 겸허하게 받아들이겠다는 단단함이다. 단단한 슬픔이다.

자만심을 경계하기 위한 시인의 처방전은 슬픔이다. 세계에 흘러넘치는 고통과 접속할 때 사람은 눈물을 흘린다. 이난희에게 그것은 세계에 젖줄을 대어 살아갈 힘을 얻는 행위에 해당하는 것이기도 하다. 운다는 것은 세계로부터 살아갈 양분을 제공받는 것이기도 한 셈이다. 이난희의 시에서 죽음이 그려지는 양태가 고통과 불가분의 관계에 있는 것은 이 때문이다. 무덤가를 거닐며 죽음에 대해 생각하는 시적 주체의 모습을 담은 「무덤을 산책하다」에서 볼록한 봉분은 젖가슴 이미지와 중첩된다. 죽음에서 길어 올린 생명들이 무덤 주변에서 살아 숨 쉬고 있다. 마찬가지로 인간 역시 "상수리나무 수액을 빨고 있는 사슴벌레"와 다르지 않은 존재이다. 「혼자 하는 식사」에서 시인은 "봉긋한 무덤이란/따뜻할수록 쓸쓸한 젖무덤 같은 것"이라면서 세계에서 수액을 받아먹고 생명을 유지하고 있다는 통찰을 분명히 드러내기도 한다. 슬픔이 주는 위안은 시가 주는 위안과 다르지 않다. 시인은 이 세계의 고통들을 "다시 태어나게 하려고 붓을 든다"(「도자기 페인팅」). 그렇게 해서 이 한 권의 시집이 태어났다.

아직
온기가 남은 울음을 쥐고

다시 태어난다

—「크리스마스트리」 부분